CÍRCULO
DE POEMAS

Cardumes de borboletas

Quatro poetas brasileiras do século XIX

Josephina Álvares de Azevedo

Narcisa Amália

Auta de Souza

Gilka Machado

Organização

ANA RÜSCHE E LUBI PRATES

Nota das organizadoras

Josephina Álvares de Azevedo, Narcisa Amália, Auta de Souza e Gilka Machado. Quatro nomes para integrar a história da poesia brasileira. Nem sempre lembrados, não obstante terem marcado época.

Josephina Álvares de Azevedo (1851-*c.* 1913) e Narcisa Amália (1852-1924) foram fundamentais para a imprensa feminista, sendo a segunda notoriamente favorável à abolição da escravatura. Auta de Souza (1876-1901) e Gilka Machado (1893-1980), ambas poetas negras, ainda em vida publicaram livros com boa recepção de público. Em comum, quatro mulheres corajosas, cuja poética até hoje nos chega vibrante.

Se escrevemos poesia hoje, também é pela obstinação e pela força dessas oito mãos, que juntas nos amparam nesta longa História.

Cardumes de borboletas

Quatro poetas brasileiras do século XIX

JOSEPHINA ÁLVARES DE AZEVEDO

Foi escritora (poeta, contista e dramaturga), jornalista e uma das precursoras do feminismo no Brasil. Seus dados biográficos são falhos: apesar da certidão de óbito informar que o nascimento ocorreu na Paraíba, ela contava que nascera no Recife, onde viveu até os 26 anos, e que era prima de Álvares de Azevedo (e não sua meia-irmã, como se dizia). De acordo com a pesquisadora Valéria Andrade Souto-Maior,* talvez ela tenha se declarado prima do poeta para fugir da exposição social como filha bastarda, algo considerado vexatório na época.

Partindo do Recife (PE), mudou-se para São Paulo, onde em 1888 fundou o jornal literário *A Família*, que dedicou à educação das mulheres e mães, pois, como ela dizia, "mulher instruída é mulher emancipada". *A Família* serviu como caixa de ressonância do movimento femi-

* SOUTO-MAIOR, Valéria. "Josephina Álvares de Azevedo: Teatro e propaganda sufragista no Brasil do século XIX". *Revista Acervo Histórico*, São Paulo, 2004, n. 2, pp. 65-82. Disponível em: <www.al.sp.gov.br/repositorio/bibliotecaDigital/525_arquivo.pdf>. Acesso em: 19 nov. 2023.

nista brasileiro, e no ano seguinte Josephina o transferiu para o Rio de Janeiro, onde acreditava que as ideias nele contidas teriam mais alcance.

A partir da Proclamação da República, em 1889, a poeta passa a reivindicar o direito das mulheres a votar e serem votadas — o que só ocorreria em 1932 — e se torna uma das principais sufragistas do país. Em *A Família*, entre contos, prosas, poemas e traduções, publica a comédia *O voto feminino*, encenada pela primeira vez em 1890, no Teatro Recreio Dramático.

Assim como não se sabe onde Josephina estudou, com quem se casou, quantos/quem foram seus filhos e qual a data exata e a causa do seu falecimento, apenas alguns de seus textos foram reunidos em livros. A maior parte da produção jornalística, segundo a pesquisadora Nelly Novaes Coelho,* ficou esparsa na imprensa. Apesar de pesquisas historiográficas valiosas nas últimas décadas sobre imprensa e feminismo ressaltarem os escritos de Josephina (vide levantamento de Jocemir Moura dos Reis publicado em 2019),** ainda há uma necessidade imensa de recuperar não só seus dados biográficos, mas também sua produção literária.

* COELHO, Nelly Novaes. *Dicionário crítico de escritoras brasileiras: 1711-2001*. São Paulo: Escrituras, 2002.

** MOURA DOS REIS, Jocemir. *Arte de existir, imprensa feminina e educação: Josephina Álvares de Azevedo (1888-1894)*. Universidade do Estado do Rio de Janeiro, 2019, pp. 22-5. Dissertação de mestrado (História da Educação).

Primavera

Oh! Na primavera as flores
São outras, tem mais frescura;
Tem mais vida, mais odores,
Tem uma seiva mais pura.

O campo é mais verdejante,
As fontes mais cristalinas,
A brisa mais sussurrante,
As rosas mais purpurinas.

Cardumes de borboletas
Doidejam pelos valados,
Pousando alegres, inquietas,
Nos castos lírios nevados.

As gotas d'água, trementes,
São perlas amarantinas
Que brilham, belas, algentes,
Pelas relvosas campinas.

Oh! Na primavera as flores
Têm outra seiva no seio...
Assim também os amores
Têm outro encanto, outro enleio.

Fé

Ao rugido medonho da tormenta
Que a alma nos esmaga, nos trucida,
Não pensem que maldigo a triste vida
Nem o sopro de Deus que ora me alenta

Nem um momento só sou esquecida
De quem criou o mundo e aviventa
A flor do prado, a fera mais cruenta,
A tudo, enfim, que tem ou não tem vida

É doce nas agruras da existência
Lembrarmos a divina onipotência,
Erguermos para o céu o coração!

Naquele terno enlevo de fé pura
É sempre mui feliz a criatura
Que forças vai buscar no coração.

No fim da viagem

Astros e luz, crenças e ilusões esbatidas no azul do pensamento, que sois vós? Sonhos, tudo sonhos! Borboleta ideal voejando no éter do pensamento, bolha iriada, em cujo bojo o nada voa librado no ar, como a pluma que o vento impele.

Oh! Paremos aqui! A morte vem após, treda, implacável. Em torno de nós, na natureza, em tudo que existe, em tudo que nos cerca.

Cantam os passarinhos a eterna harmonia da criação. Acendem as estrelas da noite a chama que brilha na água, como a luz dos pirilampos na escuridão noturna da campina. O prodígio da criação adormece no seio da natureza, como o fiel e amoroso amante no colo idolatrado da mulher.

Eis ao fim da jornada.

Em torno de nós, as ilusões desfeitas, como destroços da galera de ouro dos sonhos juvenis, das irradiações do pensamento, semelham o frágil lenho que à praia trouxe a onda da imaginação, encapelada pelas tempestades da existência; porque a vida é sempre uma tempestade de luz ou sombra.

Paremos aqui!

O sol declina, oh! adorado anjo. Amemos.

A noite vem após. Oh! Como é belo, quando a sombra desce, além, pela montanha, como uma rede sobre prados e cabanas, reclinar a fronte no seio da criatura amada!

Amemos, pois.

Por que soltar o pensamento errante em busca das ilusões, pérfidas noivas das nossas esperanças irrealizáveis?

Eis-nos ao fim da viagem. A noite vem após. Descansemos no regaço querido, como no seio da natureza repousa a obra de Deus.

NARCISA AMÁLIA

Foi poeta, jornalista e professora. Nasceu em São João da Barra (RJ) em 1852, filha de Jácome de Campos, poeta, e Narcisa de Campos, professora. Aos onze anos, muda-se para Resende (RJ) e se casa, algum tempo depois, com um artista mambembe, de quem se divorcia ainda antes da maioridade, fato que a faz buscar a própria subsistência. Em 1952, no centenário de Narcisa, a crítica Maria de Lurdes Teixeira* apontou que, a partir do momento da separação, a poeta passa a se desenvolver intelectualmente e, logo em seguida, torna-se a primeira jornalista profissional do país, atuando na *Gazetinha* de Resende, como redatora, revisora e tradutora, e colaborando com outros meios de comunicação impressa, como *A Família*. Sempre se posicionando a favor da abolição da escravatura, defende a mulher e, embora admiradora de dom Pedro II (a quem conhecera pessoalmente ao lançar o livro *Nebulosas*), os ideais republicanos, temas presentes também em sua produção poética.

* TEIXEIRA, Maria de Lurdes. "O centenário duma grande pioneira", *Folha de S.Paulo*, 5 abr. 1952.

A publicação de *Nebulosas*, seu único livro, aos vinte anos, teve bastante repercussão no meio literário da época, que pouco se interessava pela produção das mulheres. No prefácio da obra, o escritor Pessanha Póvoa diz que Narcisa é "... a primeira brasileira de nossos dias, a mais ilustrada, a primeira poetisa desta nação".[*] Até mesmo Machado de Assis engrossa o coro de reconhecimento à produção poética de Narcisa. O fato de uma mulher despertar tanta admiração nos meios literários talvez explique por que o escritor Múcio Teixeira se uniu ao segundo marido de Narcisa, de quem ela se divorciara, para caluniá-la publicamente, afirmando que *Nebulosas* não era de autoria dela, mas sim de um escritor que usara um pseudônimo feminino. Segundo Nelly Novaes Coelho,[**] essa falsa imputação só foi desfeita em 1949, muitos anos após o falecimento de Narcisa, em um estudo bibliográfico realizado por Antônio Simões dos Reis.[***]

Por essa e outras mentiras e difamações, dado seu espírito revolucionário, Narcisa decidiu mudar-se para a cidade do Rio de Janeiro, onde se dedicou ao magistério, ocupação de muitas escritoras, e colaborou com a imprensa, infelizmente encerrando sua produção poética.

A partir de então, há pouquíssimas informações biográficas sobre a poeta. Deficiente visual e pobre, ela faleceu em 1924, aos 72 anos, por complicações do diabetes.

* DELUCA, Naná. "Conheça Narcisa Amália, poeta e primeira jornalista brasileira", *Folha de S.Paulo*, São Paulo, 2 mar. 2020. Folha Mulher. Disponível em: <www1.folha.uol.com.br/folha-100-anos/2020/03/narcisa-amalia.shtml>. Acesso em: 18 nov. 2023.

** COELHO, Nelly Novaes, op. cit.

*** REIS, Antônio Simões dos. *Narcisa Amália*. Rio de Janeiro: Organizações Simões, 1949.

Sadness

Still visit thus my nights, for you reserved,
And mount my soaring soul thoughts like yours.
James Thomson

Meu anjo inspirador não tem nas faces
As tintas coralíneas da manhã;
Nem tem nos lábios as canções vivaces
Da cabocla pagã!

Não lhe pesa na fronte deslumbrante
Coroa de esplendor e maravilhas,
Nem rouba ao nevoeiro flutuante
As nítidas mantilhas.

Meu anjo inspirador é frio e triste
Como o sol que enrubesce o céu polar!
Trai-lhe o semblante pálido — do antiste
O acerbo meditar!

Traz na cabeça estema de saudades,
Tem no lânguido olhar a morbideza;
Veste a clâmide eril das tempestades,
E chama-se — Tristeza!...

Perfil de escrava

Quando os olhos entreabro à luz que avança,
Batendo a sombra e pérfida indolência,
Vejo além da discreta transparência
Do alvo cortinando uma criança.

Pupila de gazela — viva e mansa,
Com sereno temor colhendo a ardência
Fronte imersa em palor... Rir de inocência,
Rir que trai ora angústia, ora esperança...

Eis o esboço fugaz da estátua viva,
Que — de braços em cruz — na sombra avulta
Silenciosa, atenta, pensativa!

Estátua? Não, que essa cadeia estulta
Há de quebrar-se, mísera, cativa,
Este afeto de mãe, que a dona oculta!

O africano e o poeta

Ao dr. Celso de Magalhães

Les esclaves… Est-ce qu'ils ont des dieux?
Est-ce qu'ils ont des fils, eux qui n'ont point d'aieux?
Lamartine

No canto tristonho
Do pobre cativo
Que elevo furtivo,
Da lua ao clarão;
Na lágrima ardente
Que escalda-me o rosto,
De imenso desgosto
Silente expressão;

Quem pensa? — O poeta
Que os carmes sentidos
Concerta aos gemidos
De seu coração.

— Deixei bem criança
Meu pátrio valado,
Meu ninho embalado
Da Líbia no ardor;
Mas esta saudade
Que em túmido anseio
Lacera-me o seio
Sulcado de dor,

Que sente? — O poeta
Que o elísio descerra;
Que vive na terra
De místico amor!

— Roubaram-me feros
A férvidos braços;
Em rígidos laços
Sulquei vasto mar;
Mas este queixume
Do triste mendigo,
Sem pai, sem abrigo,
Quem quer escutar?...

— Quem quer? O poeta
Que os térreos mistérios
Aos paços sidéreos
Deseja elevar.

— Mais tarde entre as brenhas
Reguei mil searas
Co'as bagas amaras
Do pranto revel;
Das matas caíram
Cem troncos, mil galhos;
Mas esses trabalhos
Do braço novel,

Quem vê? — O poeta
Que expira em arpejos
Aos lúgubres beijos
Da fome cruel!

— Depois, o castigo
Cruento, maldito,
Caiu no proscrito
Que o simum crestou;
Coberto de chagas,
Sem lar, sem amigos,
Só tendo inimigos...
Que há como eu sou?!...

— Quem há?... O poeta
Que a chama divina
Que o orbe ilumina
Na fronte encerrou!...

— Meu Deus! ao preciso
Sem crenças na vida,
Sem pátria querida,
Só resta tombar!
Mas... quem uma prece
Na campa do escravo
Que outrora foi bravo
Triste há de rezar?!...

— Quem há-de?... O poeta
Que a lousa obscura
Com lágrima pura
Vai sempre orvalhar!?

Por que sou forte

A Ezequiel Freire

Dirás que é falso. Não. É certo. Desço
Ao fundo d'alma toda vez que hesito...
Cada vez que uma lágrima ou que um grito
Trai-me a angústia — ao sentir que desfaleço...
E toda assombro, toda amor, confesso,
O limiar desse país bendito
Cruzo: — aguardam-me as festas do infinito!
O horror da vida, deslumbrada, esqueço!
É que há dentro vales, céus, alturas,
Que o olhar do mundo não macula, a terna
Lua, flores, queridas criaturas,
E soa em cada moita, em cada gruta,
A sinfonia da paixão eterna!...
— E eis-me de novo forte para a luta.

Resignação

No silêncio das noites perfumosas,
Quando a vaga chorando beija a praia,
Aos trêmulos rutilos das estrelas,
Inclino a triste fronte que desmaia.
E vejo o perpassar das sombras castas
Dos delírios da leda mocidade;
Comprimo o coração despedaçado
Pela garra cruenta da saudade.
Como é doce a lembrança desse tempo
Em que o chão da existência era de flores,
Quando entoava o múrmur das esferas
A copla tentadora dos amores!
Eu voava feliz nos ínvios serros
Empós das borboletas matizadas...
Era tão pura a abóbada do elísio
Pendida sobre as veigas rociadas!...
Hoje escalda-me os lábios riso insano,
É febre o brilho ardente de meus olhos:
Minha voz só retumba em ai plangente,
Só juncam minha senda agros abrolhos.
Mas que importa esta dor que me acabrunha,
Que separa-me dos cânticos ruidosos,
Se nas asas gentis da poesia
Eleva-me a outros mundos mais formosos?!...
Do céu azul, da flor, da névoa errante,
De fantásticos seres, de perfumes,
Criou-me regiões cheias de encanto,
Que a luz doura de suaves lumes!
No silêncio das noites perfumosas

Quando a vaga chorando beija a praia,
Ela ensina-me a orar, tímida e crente,
Aquece-me a esperança que desmaia.
Oh! Bendita esta dor que me acabrunha,
Que separa-me dos cânticos ruidosos,
De longe vejo as turbas que deliram,
E perdem-se em desvios tortuosos!...

AUTA DE SOUZA

Poeta negra, nasceu em 1876 em Macaíba (RN), cidade que naquela época era o principal centro comercial e político do estado. Possivelmente, descendia de pessoas escravizadas, segundo a pesquisadora Ana Laudelina Ferreira Gomes.*

A morte sempre a rondou: primeiro, a de seus pais, que faleceram quando Auta era ainda criança — o que fez com que ela e seus quatro irmãos fossem criados pelos avós maternos; em seguida, a morte de seu avô materno; depois, a de um de seus irmãos, Irineu, em 1887. E, por fim, há a morte prenunciada no próprio processo de adoecimento da escritora.

Quando se muda para o Recife, com os avós maternos e os irmãos, passa a estudar no colégio interno de São Vicente de Paula, dirigido por freiras francesas. Apesar de

* Recentemente, a coleção Escritoras do Brasil, da Biblioteca do Senado Federal, reeditou *Dálias (1893-1897)*, de Auta de Souza, com preâmbulo e notas de Stella Maria Vaz Santos Valadares; prólogo de Anderson Tavares; apresentação, pesquisa e notas de Ana Laudelina Ferreira Gomes. Brasília: Senado Federal, 2021.

ser analfabeta, a avó materna de Auta, Dindinha, sempre se esforçou para que seus filhos e netos tivessem boa formação — e não foi diferente com a futura poeta, que graças a esse período de estudos se tornou fluente no idioma francês, no qual depois também escreveria poemas.

Aos catorze anos, quando contrai tuberculose — mesma doença que vitimara seus pais —, abandona os estudos formais e retorna à sua cidade natal. Em 1894, começa a publicar seus poemas na revista *Oásis*, de Natal (RN), e em outros jornais, utilizando-se às vezes dos pseudônimos Ida Salúcio e Hilário Neves. Nessa mesma época, se apaixona e vê seu amor frustrado pela excessiva preocupação de seus irmãos com seu estado de saúde. Assim, além da orfandade, dos lutos, da religiosidade e do seu adoecimento, o amor também passa a ser tema de sua produção, na qual, no entanto, como defende Gomes,[*] não se limita a retratar exatamente o que viveu.

No fim da vida, Auta organiza seu primeiro e único livro, *Horto*, com prefácio de Olavo Bilac (sim, o principal poeta do parnasianismo, que em 1888 pedira a sua então noiva, Amélia de Oliveira, que escrevesse poemas mas que nunca os publicasse, pois não era de bom-tom que uma mulher fosse conhecida), e a tiragem se esgota em dois meses — algo surpreendente na época para uma mulher, e negra.[**]

No ano seguinte à publicação de *Horto*, Auta falece em decorrência da tuberculose, aos 24 anos.

* Ibid.

** CARDOSO, Mara Lívia Farias. "Auta de Souza: Poesia afro-feminina no século XIX". *Kwanissa: revista de estudos africanos e afro-brasileiros*, 2023, 6(14), pp. 164-76. Disponível em: <doi.org/10.18764/2595-1033v6n14.2023.9>. Acesso em: 27 nov. 2023.

Ao mar

Ontem à tarde ao pé de ti sentada
Eu pus-me a contemplar-te, ó mar bravio!
Pensava que acolhida em tuas ondas
Talvez minh'alma não tivesse frio!

Contei-te uma por uma as cruas dores
De minha vida toda de saudade
Quis afogar as minhas mágoas fundas
No leito azul de tua imensidade.

Como seria bom morrer aí,
Moça, inocente, tendo n'alma em flor
Um mundo virgem de sagradas crenças
Todo banhado no ideal do Amor!

Me darias então a sepultura
Nestas espumas, murmurosas, belas,
E a noite, se mirando em tuas águas,
Me cobriria o Céu de mil estrelas.

Ao pé de ti, como um soluço brando,
Sinto fugir-me, pouco a pouco, a vida...
Chorai vagas, por mim! dobrai finados
Bem como os sinos de risonha ermida!

No mausoléu augusto do Oceano
De outros dobres minh'alma não precisa;
Por súplica mortuária só desejo
O soluço do vento que desliza.

Ao menos, eu aí esqueceria
A atroz desilusão que me devora,
Num instante seria satisfeita
Como uma flor ao despontar d'aurora.

Agonia do coração

Estrelas fulgem da noite em meio
Lembrando círios louros a arder...
E eu tenho a treva dentro do seio...
Astros! velai-vos, que eu vou morrer!

Ao longe cantam. São almas puras
Cantando à hora do adormecer...
E o eco triste sobe às alturas...
Moças! não cantem, que eu vou morrer!

As mães embalam o berço amigo,
Doce esperança de seu viver...
E eu vou sozinha para o jazigo...
Chorai, crianças, que eu vou morrer!

Pássaros tremem no ninho santo
Pedindo a graça do alvorecer...
Enquanto eu parto desfeita em pranto...
Aves, suspirem, que eu vou morrer!

De lá do campo cheio de rosas
Vem um perfume de entontecer...
Meu Deus! que mágoas tão dolorosas...
Flores! Fechai-vos, que eu vou morrer!

Fio partido

I

Fugir à mágoa terrena
E ao sonho, que faz sofrer,
Deixar o mundo sem pena
Será morrer?

Fugir neste anseio infindo
À treva do anoitecer,
Buscar a aurora sorrindo
Será morrer?

E ao grito que a dor arranca
E o coração faz tremer,
Voar uma pomba branca
Será morrer?

II

Lá vai a pomba voando
Livre, através dos espaços...
Sacode as asas cantando:
"Quebrei meus laços!"

Aqui na amplidão liberta,
Quem pode deter-me os passos?
Deixei a prisão deserta,
Quebrei meus laços!

Jesus, este voo infindo
Há de amparar-me nos braços
Enquanto eu direi sorrindo:
Quebrei meus laços!

Ao pé do túmulo

Aos meus

Eis o descanso eterno, o doce abrigo
Das almas tristes e despedaçadas;
Eis o repouso, enfim; e o sono amigo
Já vem cerrar-me as pálpebras cansadas.

Amarguras da terra! eu me desligo
Para sempre de vós... Almas amadas
Que soluças por mim, eu vos bendigo,
Ó almas de minh'alma abençoadas.

Quando eu d'aqui me for, anjos da guarda,
Quando vier a morte que não tarda
Roubar-me a vida para nunca mais...

Em pranto escrevam sobre a minha lousa:
"Longe da mágoa, enfim, no céu repousa
Quem sofreu muito e quem amou demais".

Nunca mais

... Il n'est plus dans mon coeur
Une fibre que n'ait résonné sa Douleur.
Lamartine, *Harmonies poétiques et religieuses*

Que é feito de meu sonho, um sonho puro,
Feito de rosa e feito de alabastro,
Quimera que brilhava como um astro
Pela noite sem fim do meu futuro!

Que é feito de meu sonho, o cofre aberto
Que recebia as pérolas de meu pranto,
Gotas de orvalho, folhas de amaranto,
Perdidas na solidão de meu deserto!?

Ele passou como uma nuvem passa,
Roçando o Azul em flor do firmamento...
Tudo se foi e apenas o tormento
Sobre minh'alma triste inda esvoaça.

Meu casto sonho! Lá se foi cantando,
Talvez em busca de uma pátria nova...
Deixou-me o coração como uma cova,
E dentro dele o meu amor chorando.

Nunca mais voltará... O que lhe importa
Esta morada lúgubre e sombria?!
Não pode agasalhar uma alegria
          Minh'alma, pobre morta!

GILKA MACHADO

Poeta negra, considerada a primeira poeta erótica do país, Gilka Machado nasceu no Rio de Janeiro em 1893, numa família de artistas. Com catorze anos, valendo-se de seu nome e de pseudônimos, ganhou primeiro, segundo e terceiro lugares em um concurso de poesia do jornal *A Imprensa*, causando escândalo pelo teor erótico dos poemas. Escândalo que marcaria toda a sua trajetória poética.

Em 1910, casou-se com o poeta, jornalista e chargista Rodolfo de Melo Machado, com quem teve um menino, Hélios, e uma menina, Heros. Infelizmente, o rapaz faleceu, e ver um filho morrer foi algo que Gilka considerou como um custo alto demais para que pudesse levar uma vida longa.* Heros tornou-se uma bailarina conhecida internacionalmente, com o nome de Eros Volúsia.

No mesmo ano de seu casamento, Gilka, junto com Bertha Lutz, é uma das fundadoras do Partido Republi-

* As informações aqui citadas constam de MACHADO, Gilka. *Poesia completa*. Org. de Jamyle Rkain, pref. de Maria Lúcia Dal Farra. São Paulo: Selo Demônio Negro, 2017.

cano Feminino — o primeiro partido político para mulheres — e se torna uma das vozes do direito delas ao voto. Para Maria Lucia Dal Farra, "o desvelo pela emancipação feminina já está entranhado na sua linguagem e no seu comportamento poético".

Antes de sua estreia em livro, com *Cristais partidos*, em 1915, Gilka apresenta seus poemas em revistas e jornais literários. Em 32 anos de produção, publica cinco livros inéditos, sendo o último *Sublimação*, de 1938. A partir de então e até sua morte, a poeta permanece em silêncio. Segundo Dal Farra, um suicídio em vida. Esse silêncio só foi quebrado para a publicação de duas antologias, *Meu rosto*, em 1947, e *Velha poesia*, em 1968.

Em 1933, foi eleita a maior poeta do Brasil em um concurso promovido pela revista *O Malho* que teve pouca repercussão na crítica literária da época e no pensamento oficial, segundo Nelly Novaes Coelho.* Em 1979, recebeu o Prêmio Machado de Assis, da Academia Brasileira de Letras, pela publicação de *Poesias completas*, antologia organizada por sua filha, e no ano seguinte faleceu em sua cidade natal.

Gilka foi e tem sido reconhecida pela qualidade de sua obra. Reconhecimento que nunca terá o poder de apagar os ataques misóginos, racistas e classistas aos quais foi exposta no meio literário e ao longo de sua vida.

* COELHO, Nelly Novaes, op. cit.

Ser mulher

Ser mulher, vir à luz trazendo a alma talhada
para os gozos da vida: a liberdade e o amor,
tentar da glória a etérea e altívola escalada,
na eterna aspiração de um sonho superior...

Ser mulher, desejar outra alma pura e alada
para poder, com ela, o infinito transpor,
sentir a vida triste, insípida, isolada,
buscar um companheiro e encontrar um senhor...

Ser mulher, calcular todo o infinito curto
para a larga expansão do desejado surto,
no ascenso espiritual aos perfeitos ideais...

Ser mulher, e oh! atroz, tantálica tristeza!
ficar na vida qual uma águia inerte, presa
nos pesados grilhões dos preceitos sociais!

Noturnos

A Alexandre Dias

Noite — amiga, piedosa enfermeira do doente
do infortúnio, velando o humano sono, do ar;
alonga pela Terra o teu olhar dormente,
dá que eu possa dormir para depois sonhar.

Todo o teu ser aclara um júbilo fremente
quando, ó mãe negra, vens teus filhos aleitar,
na espargose eteral do túmido crescente,
dando-nos a beber o teu leite de luar.

Na morna quietação do teu seio convexo,
no gozo fraternal desse teu largo amplexo,
dormem, serenamente, o Céu, a Terra, o Mar...

Em ti se decompõe e se forma a existência,
ó primeira visão da embrionária inconsciência,
última imagem que hei de em meus olhos levar.

I

Apraz-me sempre ouvir, às horas vespertinas,
os prelúdios da Noite, os iriantes rumores
que, mal rolam da sombra as primeiras cortinas,
fazem soar pelo espaço os Arrebóis, as Cores.

Há na violácea cor violinos em surdinas,
vibram no ouro clarins ruidosos e agressores,
gemem flautas no verde, em notas tiples, finas,
rufam dentro do rubro invisíveis tambores.

Soam na rósea cor acordes flébeis de harpas,
través o alaranjado há guitarras chilrando,
e os sons rolando vão nas etéreas escarpas...

Há uma breve fermata e, após, êxul, tristonho,
soluça um órgão do alto, em som pausado, brando,
dentro do azul do céu, como um sonoro sonho.

II

Na extrema exalação da lúcida existência,
o Sol, na alcova astral do poente, além, perece;
queda-se a Natureza em muda reverência,
o silêncio recorda um êxtase, uma prece.

A Noite vem subindo, imensa mágoa vence-a,
para o enterro do Sol traz dos astros a messe.
A treva chove... Há como uma deliquescência
de onixes, no ar, que pouco a pouco, entenebrece.

A Noite, a negra etérea, a negra dolorosa,
projetando na terra o seu vulto de esfinge,
galga, afinal, do espaço a escada vaporosa.

E, ao sentir o rumor das noturnas passadas,
de nuvens roxas todo o horizonte se tinge,
há como que no azul saudades esfolhadas...

III

Anoitece. Há por todo este imóvel ambiente
a chorosa mudez, o silêncio funéreo
de um lar, de onde saído haja, recentemente,
um féretro buscando a paz do cemitério.

Anoitece. De longe um sino, lentamente,
anuncia da morte o insondável mistério,
e a alma, todo o pungir que o espaço sente, sente...
casa-se nossa dor ao sofrimento etéreo.

O dia é uma ilusão, o ocaso um campo-santo;
as almas não são mais de que funéreas lousas,
Ó dias de ilusões! tendes igual destino!

Um dia morto... uma ilusão que morre... e enquanto
tora, o sino interpreta a tristeza das coisas,
plange a tristeza em nós, como um soturno sino.

IV

Chuva de cinzas... Cai a tarde lá por fora
na extática mudez da Terra triste e viúva;
e da tarde o cair — sinto [que] minha alma, agora,
embuça-se na cisma e no torpor se enluva.

Hora crepuscular, hora de névoas, hora
em que de ignoto bem o humano ser enviúva,
e, enquanto em cinza todo o espaço se colora,
o tédio, em nós, é como uma cinérea chuva.

Hora crepuscular — concepção e agonia,
Hora em que tudo sente uma incerteza imensa,
sem saber se desponta ou se fenece o Dia;
hora em que a alma, a cismar na inconstância da sorte,
fica dentro de nós, oscilando, suspensa,
entre o ser e o não ser, entre a existência e a morte.

V

Mudo arauto anunciando a Noite que vem perto,
Vésper — o astro da Tarde, ao despontar na altura,
põe um marco de luz do espaço no deserto,
e arfa, e treme, e palpita, e faísca, e fulgura.

Surge uma estrela mais... e o lume, antes incerto,
do firmamento, ao vir da escuridão se apura;
fulge o eteral palácio, em festa agora aberto,
dos luzeiros expondo a iriante iluminura.

Há um frêmito no espaço: a Noite se arrepia...
passa o Vento agitando a asa nervosa e fria
— ave errante buscando um ninho onde se açoite.
E as estrelas, lançando a luz trêmula e clara
— lareiras do infinito, ardem suspensas, para
aquecer e dar luz à câmara da Noite.

VI

Lesmas longas, por sobre a relva espreguiçadas,
lambendo a escuridão, alvas, ermas, tranquilas,

pelos flancos da várzea, alongam-se as estradas,
das árvores transpondo as gigantescas filas.

Uma luz, semelhante à luz das alvoradas,
no silêncio escorrega... as estrelas — ancilas
da Noite, por tal lume agora deslumbradas,
piscam, de quando em vez, ocultando as pupilas.

Destaca-se no longe a montanha altaneira;
lenta, láctea, marmórea, enlanguescida e lampa,
surge a Lua — noturna e velha carpideira.

E, de manso, prateando a morte real dos Dias,
ela deixa escorrer do infinito a campa,
as lágrimas do luar, luminosas e frias.

VII

O alvo frouxel do luar se estende pelo mato...
Um perfume sutil, preguiçoso, flutua,
e, mal no espaço o absorve, em vão perscruta o olfato
se ele subiu da Terra ou se desceu da Lua.
Toma-me todo o corpo um langor insensato,
fecho os olhos e sinto a alma carícia tua...
— sonho! — é apenas a luz que me amacia o tato,
e, qual um pólen, cai na minha cútis nua.

É a luz lunar que, humente e untuosa, como cola,
escorre pelo azul... Vencê-la embora queira,
já no cérebro meu, atoa, a ideia rola...

A Lua, álgida flor de célica esponjeira,
desabrocha na altura a pálida corola
e desprende do luar a essência dormideira.

VIII

É noite. Paira no ar uma etérea magia:
nem uma asa transpõe o espaço ermo e calado;
e o tear da amplidão, a Lua, do alto, fia
véus luminosos para o universal noivado.

Suponho ser a treva uma alcova sombria,
onde tudo repousa unido, acasalado.
A Lua tece, borda e para a Terra envia,
finos, fluidos filós, que a envolvem lado a lado.

Uma brisa sutil, úmida, fria, lassa,
erra de quando em quando. É uma noite de bodas
esta noite... há por tudo um sensual arrepio.
Sinto pelos no vento... é a Volúpia que passa,
flexuosa, a se roçar por sobre as cousas todas,
como uma gata errando em seu eterno cio.

DIREÇÃO EDITORIAL Fernanda Diamant e Rita Mattar
COORDENAÇÃO DA COLEÇÃO E EDIÇÃO Tarso de Melo
COORDENAÇÃO EDITORIAL Juliana de A. Rodrigues
ASSISTENTE EDITORIAL Cristiane Alves Avelar
DIRETORA DE ARTE Julia Monteiro
IMAGEM DA CAPA Série *Aberto pela Aduana #1* (2020). Técnica mista: fotografia, pintura, colagem e nanquim. Crédito: Eustáquio Neves
REVISÃO Eduardo Russo
PROJETO GRÁFICO Alles Blau
EDITORAÇÃO ELETRÔNICA Página Viva

Dados Internacionais de Catalogação na Publicação (CIP)
(Câmara Brasileira do Livro, SP, Brasil)

Cardumes de borboletas : quatro poetas brasileiras do século XIX / Auta de Souza... [et al.] ; organização Lubi Prates, Ana Rüsche. — São Paulo : Círculo de Poemas, 2024.

Outras autoras: Gilka Machado, Josephina Álvares de Azevedo, Narcisa Amália
ISBN: 978-65-84574-61-8

1. Mulheres na literatura 2. Poesia brasileira — Coletâneas I. Souza, Auta de. II. Machado, Gilka. III. Azevedo, Josephina Álvares de. IV. Amália, Narcisa. V. Prates, Lubi. VI. Rüsche, Ana.

23-182082 CDD — B869.108

Índice para catálogo sistemático:
1. Antologia : Poesia : Literatura brasileira B869.108
Aline Graziele Benitez — Bibliotecária — CRB-1/3129

circulodepoemas.com.br
fosforoeditora.com.br

Editora Fósforo
Rua 24 de Maio, 270/276, 10º andar
01041-001 — São Paulo/SP — Brasil

Que tal apoiar o Círculo e receber poesia em casa?

O que é o Círculo de Poemas? É uma coleção que nasceu da parceria entre as editoras Fósforo e Luna Parque e de um desejo compartilhado de contribuir para a circulação de publicações de poesia, com um catálogo diverso e variado, que inclui clássicos modernos inéditos no Brasil, resgates e obras reunidas de grandes poetas, novas vozes da poesia nacional e estrangeira e poemas escritos especialmente para a coleção — as charmosas plaquetes. A partir de 2024, as plaquetes passam também a receber textos em outros formatos, como ensaios e entrevistas, a fim de ampliar a coleção com informações e reflexões importantes sobre a poesia.

Como funciona? Para viabilizar a empreitada, o Círculo optou pelo modelo de clube de assinaturas, que funciona como uma pré-venda continuada: ao se tornarem assinantes, os leitores recebem em casa (com antecedência de um mês em relação às livrarias) um livro e uma plaquete e ajudam a manter viva uma coleção pensada com muito carinho.

Para quem gosta poesia, ou quer começar a ler mais, é um ótimo caminho. E para quem conhece alguém que goste, uma assinatura é um belo presente.

CÍRCULO DE POEMAS

LIVROS

1. **Dia garimpo.** Julieta Barbara.
2. **Poemas reunidos.** Miriam Alves.
3. **Dança para cavalos.** Ana Estaregui.
4. **História(s) do cinema.** Jean-Luc Godard (trad. Zéfere).
5. **A água é uma máquina do tempo.** Aline Motta.
6. **Ondula, savana branca.** Ruy Duarte de Carvalho.
7. **rio pequeno.** floresta.
8. **Poema de amor pós-colonial.** Natalie Diaz (trad. Rubens Akira Kuana).
9. **Labor de sondar [1977-2022].** Lu Menezes.
10. **O fato e a coisa.** Torquato Neto.
11. **Garotas em tempos suspensos.** Tamara Kamenszain (trad. Paloma Vidal).
12. **A previsão do tempo para navios.** Rob Packer.
13. **PRETOVÍRGULA.** Lucas Litrento.
14. **A morte também aprecia o jazz.** Edimilson de Almeida Pereira.
15. **Holograma.** Mariana Godoy.
16. **A tradição.** Jericho Brown (trad. Stephanie Borges).
17. **Sequências.** Júlio Castañon Guimarães.
18. **Uma volta pela lagoa.** Juliana Krapp.
19. **Tradução da estrada.** Laura Wittner (trad. Estela Rosa e Luciana di Leone).
20. **Paterson.** William Carlos Williams (trad. Ricardo Rizzo).
21. **Poesia reunida.** Donizete Galvão.
22. **Ellis Island.** Georges Perec (trad. Vinícius Carneiro e Mathilde Moaty).
23. **A costureira descuidada.** Tjawangwa Dema (trad. floresta).
24. **Abrir a boca da cobra.** Sofia Mariutti.
25. **Poesia 1969-2021.** Duda Machado.

PLAQUETES

1. **Macala.** Luciany Aparecida.
2. **As três Marias no túmulo de Jan Van Eyck.** Marcelo Ariel.
3. **Brincadeira de correr.** Marcella Faria.
4. **Robert Cornelius, fabricante de lâmpadas, vê alguém.** Carlos Augusto Lima.
5. **Diquixi.** Edimilson de Almeida Pereira.
6. **Goya, a linha de sutura.** Vilma Arêas.
7. **Rastros.** Prisca Agustoni.
8. **A viva.** Marcos Siscar.
9. **O pai do artista.** Daniel Arelli.
10. **A vida dos espectros.** Franklin Alves Dassie.
11. **Grumixamas e jaboticabas.** Viviane Nogueira.
12. **Rir até os ossos.** Eduardo Jorge.
13. **São Sebastião das Três Orelhas.** Fabrício Corsaletti.
14. **Takimadalar, as ilhas invisíveis.** Socorro Acioli.
15. **Braxília não-lugar.** Nicolas Behr.
16. **Brasil, uma trégua.** Regina Azevedo.
17. **O mapa de casa.** Jorge Augusto.
18. **Era uma vez no Atlântico Norte.** Cesare Rodrigues.
19. **De uma a outra ilha.** Ana Martins Marques.
20. **O mapa do céu na terra.** Carla Miguelote.
21. **A ilha das afeições.** Patrícia Lino.
22. **Sal de fruta.** Bruna Beber.
23. **Arô Boboi!** Miriam Alves.
24. **Vida e obra.** Vinicius Calderoni.
25. **Mistura adúltera de tudo.** Renan Nuernberger.

CÍRCULO DE POEMAS

Este livro foi composto em GT Alpina e GT Flexa e impresso pela gráfica Ipsis em dezembro de 2023. De longe vejo as turbas que deliram, e perdem-se em desvios tortuosos!

FSC
www.fsc.org
MISTO
Papel | Apoiando o manejo florestal responsável
FSC® C011095

A marca FSC® é a garantia de que a madeira utilizada na fabricação do papel deste livro provém de florestas gerenciadas de maneira ambientalmente correta, socialmente justa e economicamente viável e de outras fontes de origem controlada.

ipsis